さびしくて、
さびしくて、
子供みたいに、
泣いた。

待ちわびて、
待ちわびて、
やっとこの日がやってきた、
やっとこの日がやってきたのに。

早すぎる、
早すぎる、
もうこの手からいなくなった。

またひとり、
またひとり、
残される、
街灯の下。

落ちてゆくものを見るとき、
ただ落ちてゆくものを見るとき——

瞳は澄んで、
心は惚け、
赤子のようで——
ありました。

雪を見る、
雫を見る、
どこから来て、
どこへゆくとも知れぬものを見る——

そんなとき、
人は皆、
赤子のようで——
ありました。

失われたんじゃありません、
忘れたわけでもないのです、
誰もが等しく——
そう見るのです。

赤子のままで——
ありました。

ずっとみてられるほど、太陽は淡く
光が届かないから、仄かに暗く
遠くのビルが、霞んでみえます
白い吐息《いき》が、隠していきます
この道を、歩いていきます
まっすぐ、まっすぐ、延びた道です
その先に、赤い看板がみえています
あそこに鯛を、買いにいくのです

土曜日の、河川敷は
野球少年と缶コーヒーと、
あしたにひかえたどんど焼き、
煙たくなって、一粒おちて、
ちょっぴり寂しくなるのです
この道を、歩いていきます
あそこに鯛を、買いにいくのです

いつも、
こんなに、
澄んでるわけじゃない。

いつも、
こんなに、
いい音を立ててるわけじゃない。

いつも、
こんなに、
きらきら光ってるわけじゃない。

いつも、
こんなに、
穏やかに流れてるわけじゃない。

この、
道、
を――
通る度に、
いつも、
季節《あなた》が、
立ちどまる。

もう――
何千という、
蝉の、
声を、
聴いた、
夏。

その夏の最後に――
もう一度、

頂点《ピーク》が来《あ》るって、
おかしいかしら？

ふ愉快な、
蟬の乳飲《おと》が、
さらっと流るる――
水の、
川の、
音楽《ジョーク》に変わる。

川の傍にはいつも水がある……
それって何だか、
ふ思議じゃない？

こんなこと、
言いたかないけど、

こんなこと、
言いたかないけど、

おかあさん、
おへそ返して……
ぼくも、
あなたを、
産んだのだから——
ねぇ、
おかあさん、
おへそ返して……

水のない川が見てみたい——
もう一度、
そこから、
生まれなおすことも、
出来るかしら？

サイドバッグに、
女の、
髪の、
つややかな川が、
流れてる——

もう一度、
そこから、
生まれなおすことだって——
出来るかしら？

おかあさん、
おへそ返して……
この道を通る度《ナツノサイゴ》に——
いつも、

季節《あなた》が、
立ちどまるのよ、
ねえ、
おかあさん、
おへそ返して……

こんなこと、
言いたかない、
言いたかないけど——

おかあさん、
おへそ返して……
返して、
返して、
おへそ、
返して、
ねえ、

おかあさん――
おへそ。

はらり、
はらりと
まいおちる。

声なき、
声が、
ふりつもる。

ふみしめる——
時の地面を、
ふみしめる。

皆うへばかり見上げている——
きゆつと口を、
固く結んだ、
父の姿を、

思い出す。

近づくことができなかった、
横顔だけを、そっと見守った
ゆっくり一、二歩あゆみだし、
春の落葉《おちば》が、カサッ、と鳴った

あれからもう一年が経ち
また散りぎわの時を迎え

おなじ場所、
おなじ気持ちで、
立っている。

ここにいる――

あなたとともに
ここにいる。

今年の、
夏の、
終わりには——
蟬がいっぱい死にました。

去年の、
夏の、
終わりにも——
蟬がいっぱい死にました。

来年も、
その次も、

そのまた次も、
その次も――
蟬がいっぱい死にました、
蟬がいっぱい死にました。

カラカラカラカラ転がって、
秋の風に吹かれて消えて、
静かな夜を歩いていた頃――
蟬がいっぱい死にました、
蟬がいっぱい死にました。

面会時間が終わって、
急にひとり身が、
しく、しく、
痛みだすと、
みんなが持ち帰っていった、
街のひかりを、
眺めにゆくのだ。

誰《だあれ》もいない、
食堂の東京夜景《パノラマ》に佇み、
何をするわけでもなく、
恨めしそうに見るでもないのだけれど、
当たり前のことが、
当たり前に過ぎてゆくことに、
涙するために、
ここに出向いては、
ああ、まただ、と、
瞳をとじるのだ。

真新しいカーテンを引くように——
笑っている人の顔を、
思い浮かべようとしてみても、
家族のそれが邪魔をして、
さも美しい思い出のように——
淡く滲むので、
色んなことが思い出されては、
ああ、まただ、と、
瞳をとじるのだ。

さも美しい思い出のように——
あったかいお茶をすすりながら、
ああ、あったかいね、などと彼らはいうのだ。

さも美しい思い出のように——

テレビのリモコンを探し当てては、
あった、あった、と、
素早くチャンネルを変えてゆくのだ。

さも美しい思い出のように――
おやすみなさいを言い合いながら、
ひとり、また、ひとりと、
この部屋を出ていくと、
そこもまたやはり、
例の食堂であったことに気づくのだ。

さも美しい思い出のように――
流れていった涙もまた、
ただの水であったことを知るのだ。

さも美しい思い出のように――

当たり前のことが、
当たり前に過ぎてゆくことに、
涙するために、
ここに出向いては、
ああ、まただ、と、
瞳をとじるのだ。

迷子や、迷子……
こんなちいさな足跡は、
迷子のそれじゃあ、なかろうか。

ぼたん雪ふる、
寒空の下、
こんなかわいい足跡は——
迷子や、迷子……
迷子のそれじゃあ、なかろうか。

いつからそうして
歩いているの？
雪がふる、ずっとずっと前……
お家を探して
歩いているの……
お母さんは何処へ行ったの？
はぐれてしまってそれっきり……

それっきり一人ぼっちなの……

迷子や、迷子……
そんなに悲しい瞳《め》をうるませて、
こっちを見ないでおくれよ迷子……

迷子や、迷子……
こんなぼたん雪ふる夜は——
さぞかしお家が恋しかろ？
見捨てた母が、憎いやろ？

キッ！　と一瞬こちらを睨んで、
ふっ…　と消えたらサヨウナラ——

迷子や、迷子……

こんなぼたん雪ふる夜の、
奥へと続く、足跡は、
一体何処へ、ゆくのやら……
おまえはどこへ、ゆくのやら……

実がなっている
ゆさゆさゆれて
ぶらさがり
寸でのところで
とどまっている
実がなっている
実がなっている

おちるときは皆いっせいに
いっせいに砕け散りましょう
その先のことはわかりませんが
ゆくときはともに参りましょう

冷たい雨の
かじかんだ手の
しろーい吐息の
向こう側

きっといっしょに
参りましょうね

そこの空気は
清んでいますか
青空が
広がっていますか
そこから春が
見えますか

いますぐそこに
参りますから
もう少しだけ
居てくれませんか

その場所に

居てくれますか
いますぐそこに
参りますから

みな――おなじところに、ゆくのだけれど
みなその行き先をしらない
みな――おなじところに、ゆくのだけれど
われ先にと脇目もふらず
やあ、またお会い、しましたねえ
やあ、しばらくの、ことでした
しばらくだなんてとんでもない
ほんの一瞬のことですよ
なにはともあれ、急ぎましょうよ
なににありつけるのか、しらないけれども
そーこーあぶらをうってるうちに
ほら目の前には巨大な巌《いわほ》
身をかたくして、砕けましょうね
そしたらまたお別れですね
いえいえすぐまたお目にかかれます
それではさよならお元気で

そーいー覚悟をしてみても
巌《いわほ》のしたのちいさな抜道《トンネル》
するつとすりぬけ——ご無事なようで
それでもまだまだ先は永くて
終点《ゴール》なんかはみえないけれども
その上、なににありつけるのやら
皆目わかっちゃいないのだけれど
ともかく先を、急ぎましょうよ
みんなそうしてるんだから
理由なんてどうでもいいじゃないの
それよりともかく、急ぎましょうよ
留《と》まりたくても、留まり方をしらないんだから
それより早く、急ぎましょうよ
なににありつけるのかも、しらないけれども

声は、
楽器では、
ありません。

叩いたり、
こすったり、
弾いたり、
ふるわせたり、

そんなこと、
しなくても、
声は楽器ではないのですから――
音になることもないのです。

声は――
耳で聴くのではありません、

目で見るものでもないのです。

声は——
もっともっと、
透明な何か。
得体の知れない、
何ものか。

もっともっと、
遠くにあって——
もっともっと、
近くにある、
移ろいやすい——
何ものか。

声は——

そうゆうもので、
あるのです。

声は、
楽器では、
ありません。

どうして
身内の死を悲しむように
ひとの死を悲しめないんだろう

傍聴席で、泣き崩れるひと
殺してやりたい、殺してやりたい
美しいまでのその殺意
声にならぬ声がそこにあった
テレビのなかの
再現ドラマの
一場面《ひと》
けれども強くそう思った
どうして
どうして
そうなんだろう

失われたものの大きさ

一体何がそれを決めるのか
あなたの痛みは、あなたの痛み
ぼくの痛みはぼくの痛み——
そういい切れない何かがあって
けど何なのかはわからない
どうして
どうして
そうなのか

きみの名前を、考えている
これから生まれ来るきみへの
一番最初の贈り物
日記をつけようとも思う
きみに伝えられるすべてを
残して置きたいとも思う
——あまりに短絡的過ぎる
悪くいえばエゴだと思う
血に還すことはあまりに容易い

物語が口を開けて待ってる
それはたしかに存在する
たしかに逃れられないもの
それはたしかに、そうなんだけれど

一本の声に戻ってゆきたい
あなたであり、ぼくでもあるような
きみであり、きみでさえないような
一本の声に戻りたい
透明な樹を、植えてゆきたい
こころのずっと奥のほうに
落としてしまった種がある
そこから延びて来るものだけ
そのものだけを、信じたい
どうして
どうして
そう思うのか
どうして

どうして
ここにいるのか
どうして
どうして
あなたは
ここに
いないのか

川に寄り添ってあるく
川の速度であるく
思ったよりも、
流れは速くて、
思ったよりも、
疲れ知らずで、
思いがけず、
足をとめる、
いまが止み、
過去が流れだす、
とめどなく、
流れだし、
追い越してゆく――
父がいた、
母がいた、
きょうだいがいた、
ともだちがいた、
みんな、みんな、
そこにいた

みんな、みんな、
そこにいたのに
みんな、みんな、
いなくなった
みんな、みんな、
はなれていった

残された、
命をおもう——
もう、この子しか、この子しか、
いないとおもった——
ちいさくて、
かわいくて、
いとおしかった——
もう、この子しか、この子しか、
残されていない——
そう、おもった。

この子は、
わたしの、
子でしょうか。

この、
かわいい、
寝顔をした——
この子は、
わたしの、
子でしょうか。

すやすやと、
眠っている

もぞもぞと、
足を動かす
たまにぴくんと指を曲げる、
ぱたんと寝返りを打つこの子は――

この子は、
わたしの、
子でしょうか。

ほらいまにも起きだしそうな――

この子は、
わたしの、
子でしょうか。

インドの、
カルカッタを旅していた時のことだ。

不自由な、
つがいの、
山羊の、
一群をみた。

一緒にいたくて、
一緒にいるわけじゃない、
背中に、
赤い、
斑点の付された——

もっとも、
悲しい、

結婚の形を、
みた。

もっとも、
悲しい、
結婚の形を、
みていた。

もう、
それは、
家とは呼べなかった。

あったかさなんて、
これっぽっちもない――

怯えた、
目だけが、
ひしめいている——

もっとも、
悲しい、
家を、
みた。

もっとも、
悲しい、
家を、
みていた、

その、
怯えた、

目の奥に——

突然たずねられたのだ。
誰《だあれ》もいない、
夜の食堂で、
おまえは何者かと——
たずねられたのだ。

そうだ、
そうだ——

目は潰されて、
耳はそぎ落とされて、
手足はもはや——
はぎとられてしまった。

もう、
なんにも残されていない、
いまにも破裂しそうな、
表面張力だけが――
残されてしまった。

いまや、
おれは、
何者だ？

いまなおここに――
生きんとするこのおれは一体、
何者だ？

たった一個の、

単純な言語になりたくて、
いまなおここに――
生きんとするこのおれは一体、
何者だ？

家はどこにある？
家族はどこにいる？

ここに――
ひとり、
残された、
おれの。

家って、
もっと、
自由なものじゃ――
なかったか。

家族って、
もっと、
たのしいものじゃ――
なかったか。

いいことばかりが、
あるわけないし、
面倒臭い、
ときもある、

そんなこと、
わかってるけど――

家族って、
もっと、
尊いものじゃ――
なかったか。

家って、
もっと、
安らげる場所じゃ――
なかったか。

ながい、
ながい、
闇だったと思う。

痛みと、
苦しみしかなかった。

ほそい、
ほそい、
道だったと思う。

その道をきみはやって来た——

光とともに、
涙があふれ、

はじめての――
声を上げた。

生まれた、
泣いた、
喜んだ――

ちっちゃな、
命を、
抱きとめた――

その日のことは、
忘れない、
忘れられない――
日になった。

人生って、
いいこともあれば、
わるいこともある
楽しい時もあれば、
辛い時もある

そんな時、
そんな時に
この場所に
来てほしい

広ーい空を
眺めたり、
川のほとりにやってきて
澄んだ音に耳を澄ませてほしい

きっと
やさしい
こころを
くれる

やさしく
こころを
ゆすいで
くれる

この場所で
何年後かの
君と逢い

何年後かの
暮らしを想い

何年後かの
時がゆっくり、ゆっくりと
流れた

誰もいない

二〇一六年一一月一六日　発行

著　者　永澤　康太

発行者　知念　明子

発行所　七　月　堂

〒一五六―〇〇四三　東京都世田谷区松原二―二六―六

電話　〇三―三三二五―五七一七

FAX　〇三―三三二五―五七三一

ISBN 978-4-87944-260-4 C0092